Valérie Perreault

TYRAN DE L'OUEST

Illustrations de **Jean Morin**

Clément et Julien sont deux frères.
Ils aiment rire, s'amuser et relever de
nouveaux défis. Les deux font la paire et,
de ce fait, une équipe du tonnerre.
Leur quatrième aventure débute le jour
de leur déménagement.

Catalogage avant publication de Bibliothèque et Archives
nationales du Québec et Bibliothèque et Archives Canada

Perreault, Valérie, 1968-

    Le Tyran de l'Ouest
    (M'as-tu lu?; 35)
    Pour enfants de 7 ans et plus.

    ISBN 978-2-89595-486-6

I. Morin, Jean, 1959-   . II. Titre. III. Collection: M'as-tu lu?; 35.

PS8631.E775T97 2010   jC843'.6   C2010-940595-1
PS9631.E775T97 2010

© **2010 Boomerang éditeur jeunesse inc.**
2ᵉ impression: septembre 2011
Auteure: **Valérie Perreault**
Illustrateur: **Jean Morin**
Graphisme: **Julie Deschênes et Mika**

Dépôt légal – Bibliothèque et Archives nationales du Québec,
2ᵉ trimestre 2010

ISBN 978-2-89595-486-6

Gouvernement du Québec – Programme de crédit d'impôt
pour l'édition de livres – Gestion SODEC

Boomerang éditeur jeunesse remercie la SODEC pour l'aide
accordée à son programme éditorial.

Nous reconnaissons l'aide financière du gouvernement du
Canada par l'entremise du Fonds du livre du Canada (FLC)
pour nos activités d'édition.

Imprimé au Canada

1
ÇA DÉMÉNAGE !

— « Ça déménage à chaque étage, du grenier jusqu'au garage[1] », fredonne la mère de Clément et Julien en lavant la vaisselle du matin.

— « Des montagnes de boîtes dans l'paysage, toutes étiquetées, prêtes pour le voyage[2] », enchaînent Clément et Moue Hette qui s'affairent à l'assécher méthodiquement.

[1] Extrait de la chanson *Ça déménage !* de l'album **Petite Jacinthe en vacances avec Victor**.
[2] Suite de la chanson.

— **POURQUOI** doit-on déménager? redemande Julien en la rangeant à contrecœur dans la dernière boîte réservée à cet effet.

— Ton père a décroché un emploi à l'aéroport de **Saint-Bruno de Guigues**[3], répète madame Tartempion.

— Il n'aurait pas pu être météorologue ailleurs! **grommelle** son fils.

[3] Village du Témiscamingue.

4

— Le camion est arrivé[4]! annonce
Bôtan Môvètan, le père des garçons.
Est-ce que tout est emballé?

— Oui, chef! fait Julien sans grand
enthousiasme.

— La lampe de la salle à dîner?

— Oui, chef!

[4] Suite de la chanson.

— La lampe de la chambre à coucher ?

— Oui, chef !

— Et la vieille lampe du grenier ?

— Oui, chef !

— Et as-tu emballé Mémé ?

— Il n'y a pas de Mémé à emmener ! ronchonne Julien. Grand-Minou[5] ne déménage pas à Ville-Marie, **elle** !

Enfin, son père s'écrie :

— Prêts, pas prêts, les gars, on y va !

— Youpi ! s'exclament Clément, madame Tartempion et Moue Hette.

---

[5] À ce propos, relire la deuxième aventure de Clément et Julien : *À la recherche de Grand-Dédé.*

❷
EN ROUTE

Julien prend place dans la voiture et **s'enferme** dans un mutisme obstiné.

— Ouf ! murmure Bôtan Môvètan à son épouse quelques heures plus tard. L'**orage** semble être passé.

— Il est pourtant sur le point d'**éclater**, constate-t-elle en regardant son fils du coin de l'œil.

— **J'AI SOIF !** grogne Julien.

— Bois ! propose son père.

— J'ai des fourmis dans les jambes.

— **Secoue-les !** suggère son frère.

— Je m'ennuie.

— Tiens, intervient Moue Hette en lui donnant le guide touristique d'Abitibi-Témiscamingue, lis ça !

— Je n'en ai pas envie, marmonne-t-il en le lançant à Clément qui l'attrape et se met à le feuilleter. **J'AI FAIM !**

— Que dirais-tu d'aller manger à *La Gaufrière*[6] ? demande sa mère.

— Youpi ! s'écrie Julien.

[6] Restaurant de la rue Sainte-Anne à Ville-Marie.

Trente minutes plus tard, la famille Tartempion-Môvètan entrent dans ce restaurant. Affamés, ils font *rapidement* leur choix, puis ils profitent du temps d'attente pour jouer aux cartes. Tout à coup, un garçonnet entre en trombe et surprend la serveuse qui en échappe le repas de Julien.

— Patatras!

résonne l'assiette.

— **MA GAUFRE!** proteste Julien.

— Quel gâchis! s'exclame la serveuse. Que veux-tu, Amédée? demande-t-elle en se tournant vers le garçonnet.

— Le **TYRAN DE L'OUEST** s'est **évadé** ! répond celui-ci.

— Appelle **Frimousse Destroï** ! lance-t-elle aussitôt.

Affolés, tous les clients sortent *rapidement* du restaurant.

— Qui est donc ce **TYRAN DE L'OUEST** ? s'informe Clément. Le guide touristique n'en parle pas.

Au lieu de répondre, la serveuse enjoint aux Tartempion d'abandonner leurs assiettes et de quitter les lieux prestement.

— Et mon repas ? interroge Julien.

— Je suis désolée, bredouille-t-elle.

— Où est ce **TYRAN** ? **fulmine** Julien en sortant. **J'ai deux mots à lui dire !**

❸
UN MALHEUR N'ARRIVE JAMAIS SEUL

Le lendemain matin, alors que les garçons **dorment** à poings fermés...

— « Réveillez-vous, cœurs endormis[7] », fredonne Moue Hette en ouvrant la fenêtre. « Ty ty piti pyti chou chou chou thy thouy[8]... »

[7] Extrait du *Chant des oiseaux* de Clément Janequin.
[8] Extrait de cet air.

SAISI, Julien **s'écrie** :

— Quel est ce **vacarme** ?

— *Le chant des oiseaux*[9] ! répond Moue Hette.

— On dirait plutôt un **congrès** de **corneilles** ! déclare Clément, tiré de son sommeil par les **cris**.

[9] Titre de la chanson.

— **Sottises** que tout cela, riposte Moue Hette avant de s'envoler par la fenêtre que Clément s'empresse de refermer derrière elle.

— **ARGN !** grogne Julien. Je n'arriverai **JAMAIS** à me rendormir.

—Il suffit d'un peu de volonté, réplique son frère qui se rendort sur-le-champ.

Plus tard, une odeur familière réveille les deux garçons.

– Des gaufres !

s'exclament-ils à l'unisson.

Tandis qu'ils déjeunent, ils constatent que tous les gens qui passent devant leur maison portent un cache-oreilles.

— **Bizarre !** s'étonne Julien.

— Il y a anguille sous roche, enchaîne Clément.

— Dommage que nous ne soyons pas encore branchés sur Internet, poursuit son frère. Nous aurions pu trouver une explication à ce phénomène.

— Allons donc à la bibliothèque !

Arrivés sur place, les garçons notent l'air **inquiet** de la bibliothécaire. Ils s'assurent alors de bien **FERMER** la porte d'entrée.

— Pourrait-on utiliser l'un de vos ordinateurs ? demande Julien.

— Bien sûr ! dit la dame. Il suffit de s'inscrire.

C'est alors qu'Amédée, le garçonnet rencontré à *La Gaufrière*, entre en *coup de vent* et les surprend de nouveau. Cette fois-ci, il annonce :

— Le **TYRAN DE L'OUEST** a mangé **tout** le **FROMAGE** de *La Ferme au Village*[10].

— **Il arrive !** s'affole la bibliothécaire en donnant un exemplaire du journal local aux garçons. Puis, elle les engage à s'en aller *rapidement*.

— Il commence vraiment à m'énerver, ce **TYRAN**, marmonne Julien en sortant.

Au bout de deux minutes, il se met à pleuvoir à verse.

[10] Fromagerie de la rue Notre-Dame à Lorrainville.

4
LÉGENDES RÉGIONALES

Le lendemain, Clément et Julien se lèvent plus tôt que la veille.

— « Réveillez-vous, cœurs endormis, chante Moue Hette, le Dieu d'amour vous sonne[11]. »

— Il ne pourrait pas plutôt nous dire qui est ce TYRAN DE L'OUEST ? proteste Clément.

[11] Première phrase du *Chant des oiseaux* de Janequin.

— ... et **POURQUOI** les gens de Ville-Marie portent des cache-oreilles en plein mois de juillet ? ajoute Julien.

— Sornettes, réplique Moue Hette. L'avenir appartient aux lève-tôt !

Tandis que son frère se rendort, Julien demeure éveillé. Empoignant l'exemplaire du *Reflet*[12] que leur a remis la bibliothécaire, il se met à le lire.

— **Clément !** le réveille-t-il quelques minutes plus tard.

— **Quoi ?**

— **Écoute ça !** Les esprits des gens qui ont habité le **fort Témiscamingue-Obadjiwan**[13] résideraient au **cœur** des arbres de la forêt enchantée. Ayant

[12] Hebdomadaire distribué au Témiscamingue québécois et ontarien.
[13] Lieu historique national du Canada, Ville-Marie (Québec).

eu une vie tourmentée, ils se seraient réincarnés en **arbres crochus**.

— **Et ?** interroge Clément.

— Certains pensent que ce sont les âmes des hommes et femmes enterrés dans le **cimetière** aux abords de cette forêt qui ont été faites prisonnières par les **arbres**, poursuit Julien. En tentant d'en sortir, elles auraient **tordu** les **arbres**. Les nuits de *grands vents*, on les entendrait gémir.

— **Là**, tu me fiches la **trouille** !

— Enfin, d'autres pensent que ce serait le cri poussé par le **TYRAN DE L'OUEST** lors de son passage à Ville-Marie qui aurait tordu les arbres.

Inquiet, Clément demande :

— **Où sont nos cache-oreilles ?**

— **Peu importe !** répond Julien. Poursuivons notre enquête au bureau du journal local.

— **Bonne idée !** acquiesce son frère.

Après le déjeuner, le **soleil** cède la place à de **GROS NUAGES MENAÇANTS**.

— Nous allons **encore** y goûter ! s'exclame Clément, déçu.

— J'en ai **ASSEZ** de ce temps **MAUSSADE** et de ces oiseaux qui nous réveillent aux petites heures du matin, déclare Julien, tout aussi ennuyé.

— *Vite !* le presse son frère.

— N'AURIONS-NOUS PAS PU DÉMÉNAGER AILLEURS ?

lance Julien sur un ton **exaspéré**.

— **Du calme**, dit Clément. Le mystère du **TYDELO** est fascinant et mérite que l'on s'y attarde.

— Le **TYDELO** ? répète son frère.

— C'est ainsi que j'ai surnommé le **TYRAN DE L'OUEST**.

— **Drôle d'idée !** observe Julien. Tout le monde le craint.

— Pourtant, **je le plains** !

— **QUOI ?** s'indigne Julien.

— À vrai dire, explique Clément, **je ne voudrais pas** être dans ses souliers quand il fera **ta** connaissance.

Le garçon ponctue sa remarque d'un rire franc qui se communique à Julien.

— **On est arrivés !** constate soudain Clément en reprenant son **sérieux**.

Lorsqu'ils remarquent la mine effarouchée de la dame qui les accueille et qui se présente comme l'éditrice en chef du *Reflet*, les **garçons** s'assurent de bien **FERMER** la porte de l'établissement.

— Pourrait-on consulter les anciens numéros du journal? demande Julien.

— Bien sûr ! répond la dame. Que cherchez-vous?

— Des informations sur le Tyran de l'Ouest, précise Clément.

Interloquée, l'éditrice les regarde sans mot dire et pointe un classeur rouge. Tout à coup, Amédée fait irruption dans le local et lance:

— Le **TYRAN DE L'OUEST** a mangé la **tablette de chocolat** de **QUATRE TONNES ET DEMIE** de *Chocolats Martine*[14].

14 Chocolaterie située aux abords du lac Témiscamingue à Ville-Marie.

— Il est arrivé à Ville-Marie ! s'écrie l'éditrice d'un ton **alarmé**.

Elle saisit alors un **ÉPAIS** dossier qu'elle pousse **brusquement** vers Clément et Julien, puis elle leur conseille de partir *immédiatement*. Julien s'empare du dossier mais, dans sa *hâte*, s'enfarge sur le pas surélevé de la porte. Le dossier s'écrase sur le trottoir et une *rafale de vent* disperse les coupures de journaux.

— J'ai un compte à régler avec ton **TYDELO**, marmonne Julien à son frère en courant à gauche et à droite pour récupérer les feuillets.

— **Regarde !** dit Clément en posant son pied sur la photo d'un **COWBOY** aux jambes croches savourant une sucette.

6
LE TYDELO

Chemin faisant, Clément et Julien ramassent les coupures éparpillées dans la rue Sainte-Anne.

— Ce n'est pas la première fois que le **TYRAN DE L'OUEST** s'évade de sa cage dorée, lit Julien.

— Elle l'empêchait peut-être de faire de l'exercice, remarque Clément.

— On dit qu'il s'arrache parfois des plumes pour exprimer son ennui, poursuit Julien.

— C'est à n'y **rien** comprendre, observe son frère. Parle-t-on de celles que porte le **COWBOY** à son chapeau ou de celles de l'oiseau perché sur son épaule droite?

— **Qu'en sais-je ?** répond Julien. Je ne fais que lire ce qui est écrit. De plus, le **TYRAN** défend son territoire avec **agressivité** en criblant ses prédateurs de coups sur la tête.

— Ce n'est pas un cache-oreilles qu'il nous faut, s'inquiète Clément, mais un **casque protecteur**.

— Il adore les baies de sureau.

— Alors, conclut Clément, je m'assurerai d'en avoir **plein** le frigo.

Soudain, Amédée traverse la rue comme un *éclair* en criant:

— Le **TYRAN DE L'OUEST** ! Le **TYRAN DE L'OUEST** !

— **Encore !** s'exclament les garçons en regardant de tous bords tous côtés.

Puis, ils l'aperçoivent. L'homme porte un **LONG MANTEAU NOIR** dont les pans volent au vent et un chapeau sur lequel il ne reste qu'une plume de faucon. Son fidèle compagnon est perché sur son épaule.

31

– Ketling ketlang ! font les bottes de l'homme sur le pavé.

Stupéfaits, Clément et Julien ne savent que faire.

Tout à coup,
des oiseaux se mettent à
tournoyer autour du **COWBOY**.
Ils sifflent à l'unisson la chanson-
thème du film *Il était une fois
dans l'Ouest.*

— **Voleur !** hurle un homme depuis sa fenêtre.

— **Imposteur !** lance un autre.

— **Casse-tympans**, crie un dernier.

— **Ne le provoquez surtout pas !** les supplie Clément.

— **Ne le provoquez pas ?** répète Julien, indigné. J'ai un compte à régler avec ce **TYRAN** et **j'exige** réparation.

Puis, il s'élance vers le **COWBOY**
en s'écriant :

— Ta dernière heure a sonné !

Inquiets, les villageois s'exclament :

— **ARRÊTEZ-LE !**

Au signal de l'homme au
LONG MANTEAU, ses amis
ailés entourent Julien
et l'empêchent
de **l'attaquer**.

— C'est **moi** le maître de cette ville ! proclame le **mystérieux** personnage.

— **Frimousse Destroi** ! s'écrie alors Amédée en *courant* vers l'homme qu'il vient tout juste de reconnaître. **Pourquoi** portes-tu un tel déguisement ?

— J'ai **toujours** rêvé d'être un **COWBOY** !

— Comment as-tu fait pour capturer le **TYRAN DE L'OUEST** ?

— Rien de plus facile ! répond le **COWBOY** en lui montrant un filet à papillons. Il s'apprêtait à s'emparer du château de l'île du Collège d'où il aurait terrorisé la population.

Interloqué, Clément regarde Amédée puis le **COWBOY** et s'adresse à ce dernier :

— Voulez-vous dire que le **TYRAN DE L'OUEST**[15] n'est que ce **vulgaire** oiseau perché sur votre épaule?

— Oui, répond **Frimousse Destroi**, et il m'obéit au doigt et à l'œil.

[15] Il est possible de voir cet oiseau au Musée canadien de la nature d'Ottawa.

— **Pas croyable!** maugrée Julien en **menaçant** le volatile du doigt.

— Ne le provoque surtout pas, **s'énerve** Amédée. Son cri a **CREVÉ** plus d'un tympan et **tordu** plus d'un **arbre**.

— **Ne t'en fais pas**, le rassure-t-il. Il a une e x t i n c t i o n de voix causée par les **brusques** changements de température.

La **FOULE**, qui s'est jointe à eux, éclate de rire.

— Au fait, demande Julien, qui a mangé la **tablette de chocolat** de *Chocolats Martine*?

— Et le **FROMAGE** de *La Ferme au Village*? poursuit Clément.

— **Moi !** avoue **Frimousse Destroi** en **rougissant** et en baissant les yeux.

GLOSSAIRE

Acquiesce : donne son accord

Affairent (s') : se montrent actifs

Affamés : qui ont très faim

Anguille sous roche : quelque chose
de louche

Baies de sureau : petits fruits

Congrès : réunion de personnes qui se
rassemblent pour échanger leurs idées

Contrecœur (à) : sans en avoir le goût

Criblant : perçant de nombreux trous

Disperse : éparpille

Éditrice : personne qui assure
la publication et la mise en vente
des œuvres d'un auteur

Effarouchée : effrayée

Enfarge (s') : trébuche sur

Enjoint : ordonne

En trombe : rapidement et de façon
imprévue

Éparpillées : jetés çà et là

Établissement : entreprise commerciale

Étiquetées : identifiées

Franc : sincère

Gémir : se plaindre

Guide touristique : ouvrage qui donne des informations sur un lieu précis

Interloquée : décontenancée

Mutisme : silence

Pans : parties flottantes d'un manteau

Pavé : revêtement du sol

Pleuvoir à verse : pleuvoir en abondance

Prestement : rapidement

Réincarnés : se retrouvant dans un nouveau corps

Sornettes : propos frivoles

Sottises : bêtises

Terrorisé : épouvanté

Tourmentée : difficile

Tournoyer : tourner sur soi-même

Tympan : partie de l'oreille

Unisson : son unique produit par plusieurs voix

Volonté : désir

Vulgaire : commun

LA LANGUE FOURCHUE

Écris tes réponses sur une feuille blanche et compare-les avec celles du solutionnaire en page 47.

Les expressions de la langue française sont parfois cocasses. Trouve celle qui correspond à la définition donnée.

1. Quand on a les jambes engourdies, on dit qu'on a :

a. les jambes en coton ;

b. des fourmis dans les jambes ;

c. les jambes coupées.

2. Quand on nous cache quelque chose, il y a :

a. anguille sous roche ;

b. anguille sous cloche ;

c. anguille sous brioche.

3. Quand on surveille discrètement une personne, on l'observe :

a. du coin perdu ;

b. du coin cuisine ;

c. du coin de l'œil.

4. Quand il pleut en abondance, il pleut :

a. averse ;

b. à Perse ;

c. à verse.

5. Quand on arrive brusquement, on arrive :

a. en trompe ;

b. en trombe ;

c. en bombe.

M'AS-TU BIEN LU ?

Écris tes réponses sur une feuille blanche et compare-les avec celles du solutionnaire en page 47.

Voici un quiz qui te permettra de voir si tu as bien lu l'histoire *Le Tyran de l'Ouest*.

1. Quel est le titre de la chanson que fredonne la mère de Clément et Julien en lavant la vaisselle du matin ?

a. *Ça braille !*

b. *Ça se bataille !*

c. *Ça déménage !*

2. Quel est le surnom que Clément a donné au Tyran de l'Ouest ?

a. Yétroto

b. Tydelo

c. Grangalo

3. Qui entre en trombe dans le restaurant *La Gaufrière* ?

a. Amédée

b. Amèpiés

c. Atoussé

4. Qu'adore le Tyran de l'Ouest?

a. Les baies sauvages

b. Les baies de sureau

c. Les baies roses

5. Qu'est-il arrivé aux arbres de la forêt enchantée?

a. Le cri poussé par le Tyran de l'Ouest les aurait tordus.

b. Rien, ils poussent ainsi.

c. La carie du cèdre les a ravagés[16].

6. Qui a mangé la tablette de chocolat de quatre tonnes et demie de *Chocolats Martine*[17]?

a. Frimousse Coboï

b. Frimousse Ayoï

c. Frimousse Destroï

[16] Fait réel.
[17] Chocolaterie située aux abords du lac Témiscamingue à Ville-Marie.

Solutionnaire

LA LANGUE FOURCHUE

Question 1 : b
Question 2 : a
Question 3 : c
Question 4 : c
Question 5 : b

M'AS-TU BIEN LU ?

Question 1 : c
Question 2 : b
Question 3 : a
Question 4 : b
Question 5 : a et c
Question 6 : c

Titres de la collection